Barbapapa

Barbamama

Barbidou

Barbibul

Barbalala

Les Livres du Dragon d'Or
60 rue Mazarine, 75006 Paris.
Copyright © 2010 Annette Tison, tous droits réservés.
Loi n° 49-956 du 16 juillet 1949 sur les publications destinées à la jeunesse.
ISBN 978-2-87881-133-9. Dépôt légal : janvier 2010.
Imprimé en Italie.

9 8 7 6 5 4 3

BARBAPAPA

Le Berger

Annette Tison & Talus Taylor

Barbidou s'occupe
des animaux de la ferme.
C'est beaucoup de travail.

Barbibul propose
toutes sortes de machines.
Barbidou n'est pas convaincu.

Barbidur attelle le cheval. Aujourd'hui, il va devoir tirer la charrue.

Pendant que Barbidou récolte le miel, Barbibul
invente une charrue à vapeur.
– Ça ira bien plus vite !

Barbotine garde les moutons.

Elle est inquiète: il n'y a plus assez d'herbe dans la vallée.

Barbidou sait quoi faire : il faut emmener le troupeau dans la montagne, là où l'herbe est encore verte.

l'agnelage

la traite

la fabrication
des fromages

16

la tonte

Tout l'été, Barbidou reste dans la montagne avec ses moutons.

Mais l'hiver arrive brutalement. Bloqué par la neige,
Barbidou ne sait plus quoi faire...

Barbibul sauve la situation avec sa toute dernière invention.
Le modernisme a parfois du bon!

Vive Barbibul!

Grâce à lui, tous célèbrent Noël dans la ferme à l'abri de la neige.